Au détour d'une soirée chez Talanus et Ysis,

Une nouvelle sur le quotidien extraordinaire de Samantha Watkins

Aurélie Venem

ISBN: 98-2-9561236-2-0
ISBN-13: 982956123620

Pour le plaisir de rire

SOMMAIRE

AVANT-PROPOS

La saga *Samantha Watkins* est close, comme je l'ai précisé à l'issue du dernier tome.

Cependant, devant l'engouement pour cette jeune femme à l'humour décapant, j'ai décidé, à défaut d'un nouvel opus, d'offrir aux amis lecteurs qui me suivent sur ma page Facebook la possibilité de contribuer à l'élaboration d'un petit épisode sur le quotidien extraordinaire de mon héroïne.

Ainsi, pendant une journée, ils devaient me donner un mot, un seul, que je devais ensuite replacer (en gras) dans mon récit. Nombre de personnes se sont prises au jeu et je me retrouvai par conséquent avec le défi d'imaginer une nouvelle contenant des termes parfois complètement fous, comme « tirlibibi » ou « carabistouille ».

Je me suis dit : autant rester dans la folie. Surtout connaissant celle de mes vampires et, il faut bien que je l'avoue, connaissant la mienne.

J'ai donc choisi de traiter d'une soirée chez Talanus et Ysis, qui se serait déroulée un mois après le procès diligenté par les Grands dans le tome 1. Une soirée où tout, ou presque, était permis.

C'est une histoire volontairement légère et optimiste, qui a pour but de livrer aux lecteurs une vision plus précise du monde vampirique que j'ai conçu : certes violent et plein de passion, mais aussi plein d'humour et de joie.

J'espère que votre passage « Au détour d'une soirée chez Talanus et Ysis » vous plaira, sachant, et je n'en dirai pas plus, que le monde de Samantha Watkins recèle d'autres aventures à raconter.

PROLOGUE

*

- Sam ?
- Ici.

Ma voix n'était qu'un murmure, mais la personne qui m'avait hélée m'avait parfaitement entendue depuis le perron. Et malgré les centaines de mètres qui nous séparaient sur ce vaste domaine du Montana où je résidais, sa voix de velours et son odeur crépusculaire m'étaient parvenues aussi nettement que si nous n'étions qu'à un pas l'un de l'autre. Être vampire avait ses avantages.

Phoenix me rejoignit le temps d'une inspiration humaine.

- Qu'est-ce que tu fabriques dans ces buissons ?

Mon mari s'était depuis longtemps habitué à mon grain de folie, mais je parvenais encore à le surprendre. Il faut dire que je n'avais pas pour habitude de me vautrer dans la verdure, donc il y avait de quoi se poser des questions sur ma présence dans ce fourré, ainsi couchée sur une grande couverture avec le reste d'une tasse de sang à côté de moi.

- J'étais avec Angela.

Sans demander la permission, Phoenix me rejoignit sous le couvert des arbres, s'assit près de moi et me prit la main. Nul besoin d'explication pour lui. Il savait.

Il savait que malgré la joie de savoir François et Angela, nos meilleurs amis, auprès de Léthalée et non simplement réduits en poussière pour toujours, il y avait des moments où leur manque se faisait cruellement **sentir** et ravivait le chagrin et la culpabilité liés à leur disparition. François avait péri de la main de Finn Jorgensen, l'ancien mentor de Phoenix et usurpateur du pouvoir, qui avait entraîné le monde de la nuit dans une guerre civile qui avait failli nous mener à la ruine. Sous l'effet de l'Amour Absolu, Angela ne pouvait lui survivre, alors j'avais sacrifié mon équilibre émotionnel pour l'aider à le rejoindre dans l'au-delà... en lui perçant le cœur avec une lame en argent.

Comment vouliez-vous guider votre peuple vers la **lumière** après ça ?

J'étais l'instrument d'une prophétie ancienne qui prévoyait pour les vampires une ère de paix et de prospérité comme il n'en avait jamais connue grâce à moi. À la fin de la guerre, j'avais fait mon possible pour achever sa réalisation, mais réunir des factions aux modes de vie aux antipodes l'un de l'autre, qui s'étaient combattues avec acharnement, tout ça dans le but de les emmener vers la grande Révélation du Secret de l'existence des vampires au monde entier, avait été une tâche harassante, tant sur le plan physique, que sur le plan mental. Tout ce temps, Phoenix m'avait apporté du réconfort, mais il ne supportait pas mieux que moi l'absence de celui qu'il considérait comme son frère. C'était... trop dur.

Nous faisions le maximum malgré tout pour être les leaders du monde vampirique que l'on attendait que nous soyons, mais nos cœurs n'y étaient pas, flétris par la disparition prématurée des membres de notre famille, et incapables de se remettre d'une telle perte. Nous étions... comme vides.

Or, à cette époque, nous avions besoin de tous nos moyens pour annoncer aux humains que les vampires n'étaient pas qu'une légende, mais bien un peuple fait de chair et de sang, qui, accessoirement, avait bu le leur pendant des millénaires. C'est pourquoi, le jour de la Révélation, François et Angela nous étaient apparus à tous les deux, **fantômes** que nous étions les seuls à percevoir alors que tant de monde nous entourait, et nous avaient promis, avec l'accord de Léthalée, de toujours être là pour nous en cas de besoin.

Mon Dieu… Cela faisait si longtemps que je n'avais plus été aussi heureuse ! Nos amis, par leur simple présence, évanescente mais pour le moins réelle, nous avaient redonné foi en un avenir qui s'annonçait plus que chaotique dans son exécution.

Et depuis, Phoenix et moi avions retrouvé la volonté et l'énergie pour assumer les responsabilités de Grands que nous partagions avec Talanus, Ysis et Matthew, et avions œuvré avec détermination à l'accomplissement de la prophétie de la Nuit.

Avec ce qui s'était produit après ce coup de fil à CNN quelques années plus tôt, heureusement !! Quand j'y repense…

*

Les Humains avaient bien évidemment paniqué, au début, lorsque les journalistes à qui nous avions envoyé toutes les preuves de notre existence, avaient relayé l'information. Il y avait eu des heurts et certains de nos congénères avaient été tués. Par conséquent il nous avait fallu tout le poids de notre autorité et de nos convictions pour empêcher les vampires de riposter, au risque de déclencher une escalade menant à la guerre, et pour amener l'Humanité à, si ce n'est nous accorder sa confiance, au moins à accepter de parlementer avec nous.

Étrangement, après des millénaires passés à s'entretuer, la race des Hommes avait pour une fois oublié ses rancœurs internes pour apparaître unie face à un potentiel ennemi commun. L'ONU, si impuissante parfois à régler certains conflits, n'avait jamais trouvé autant de crédit que depuis notre « coming out ». Un comble tout ça, n'est-ce pas ?

Et il y avait des moments où ce comble me pesait au moral, moi qui, avec Matthew, dont l'affabilité et surtout l'humanité ainsi que la position d'ex chef du Cercle de Mellindra rassuraient nos interlocuteurs internationaux, étions les porte-paroles de notre bonne foi (Talanus et Phoenix étaient bien trop effrayants et Ysis… ben c'était Ysis, quoi).

Ce n'était vraiment pas simple… surtout une nuit comme celle-ci.

Alors qu'il m'avait fallu menacer de me déplacer en personne pour rôtir un chef de secteur qui prenait ses fonctions à la légère en Russie, alors que j'avais dû rappeler une énième fois au secrétaire des Nations Unies que les vampires n'avaient aucune volonté de déclencher une guerre avec l'humanité, alors que j'avais dû écouter le rapport de Misato Maeda qui nous informait qu'elle avait déjoué un complot de réfractaires au nouvel ordre établi chez nos congénères, et j'en passe…, j'avais eu réellement besoin de me vider la tête en compagnie d'une personne qui saurait me raconter des blagues pour me faire retrouver le sourire.

Angela y était largement parvenue avec son imitation d'une **chouette** hululant la **Cucaracha** ou celle de **l'ornithorynque mutant** escaladant un **volcan**. Cela pouvait paraître totalement puéril et dingue, d'ailleurs, *c'était* totalement puéril et dingue, mais je vous assure qu'il y avait vraiment de quoi se tordre de rire. Angela était vraiment douée !

Elle savait qu'elle me manquait et s'employait, à chacune de ses visites, à me faire oublier mon quotidien extraordinairement compliqué pour revenir à de l'intellectuellement basique (niveau mollusque) pour me détendre un peu, d'où ses exercices comiques précédents. C'est fou ce que ça me faisait du bien !

- Tu veux une autre tasse de sang ? me demanda Phoenix.

- Non, je te remercie. Déjà qu'il m'a fallu tout mon sang-froid pour ne pas jeter la dernière sur l'écran de la salle de contrôle quand on a parlé à Trump…

- Ah, c'est pour ça que tu as coupé la visioconférence et que tu es partie juste après.

- Mais non, il y a eu un dysfonctionnement de l'ordinateur, me défendis-je.

Mon mari me jeta un coup d'œil amusé.

- Je t'ai vu tirer sur les fils sous la table. Et puis, Dennis Obson est passé il y a une semaine vérifier l'installation internet.

Ok. Sur ce coup, je ne pouvais plus mentir.

- D'abord, il m'a fait attendre pendant qu'il signait des papiers importants, alors que ma vision m'a permis de lire ce qui n'était en réalité que de vieux menus de dîners de gala. Il m'a prise pour une domestique juste bonne à **naqueter**[1] devant le bureau ovale ! Insupportable ! Et puis ensuite, il a demandé si nous étions bien nés sur le sol américain. Quel crétin ! Il n'a donc pas compris à quel genre de créature il s'adressait ?! Je suis certaine qu'il serait capable de te demander de lui fournir un visa irlandais du XVIe siècle pour justifier ta présence sur ses terres.

Phoenix soupira.

- Je **plussoie**, très chère. Déjà que cet homme n'aime pas les immigrés humains qui s'établissent chez lui, alors j'imagine ce qu'il pense des non-humains qui ont grossi le nombre de ceux qu'il considère comme des nuisibles.

- Tu as vu son visage ? Il est encore plus orange que les cheveux de Blodwyn, Dieu ait son âme ! Une vraie **purée** de **carottes** ! Je me demande quelle **mouche** a piqué tous ceux qui ont contribué à porter à la fonction suprême un mégalomane aussi odieux.

- Ne m'en parle pas. J'ai voté Hillary.

---

[1] Naqueter : ancien terme signifiant attendre servilement à la porte de quelqu'un.

- Vraiment ? Mais Aydan Mac Kinley n'a pas le droit de vote.

Effectivement, notre récente mise en lumière auprès des humains avait remis en cause tout ce qu'ils pensaient savoir sur le monde, et la première chose qu'ils avaient faite pour tenter de reprendre la main sur une situation qui les dépassait, avait été de demander un recensement complet de la population vampire dans chaque pays. Nous avions préparé le terrain et joué le jeu, de sorte que notre bonne volonté nous permette de ne pas être ciblés trop vite en tant que menace mortelle, et aussi pour conserver une certaine indépendance en tant que nouvelle espèce. Le but était de nous intégrer sur chaque territoire, en respectant ses règles, mais que nous soyons, nous les Grands, les seuls à pouvoir déterminer notre destin. Nous étions sur la bonne voie, mais ce n'était pas sans difficultés, ni sans certains sacrifices.

Le droit de vote en était un, étrangers que nous étions devenus sur un territoire dans lequel bon nombre de vampires vivaient depuis bien plus longtemps que les WASPS[2] les plus fanatiques.

- Dans ma tête, j'ai voté Hillary, rectifia Phoenix. Avec elle, cela n'aurait pas été facile, mais nous aurions bénéficié de plus de **libertés** et de marge de manœuvre. Traiter avec Trump, c'est comme demander à **Kim Kardashian** de pondre un traité sur la théorie des cordes[3].

Je le regardai avec des yeux ronds. Il haussa simplement les épaules.

- Quoi ? C'est ta faute aussi. À cause de toi, me voilà aussi bien renseigné sur le Big Bang que sur le quotidien d'une fashionista capable de faire tenir une coupe de champagne sur son derrière !

Je n'avais que peu de temps libre en raison de ma position de Grande parmi les Grands, mais quand j'en avais, j'appréciais parfois de poser mon cerveau sur une table pendant que je sirotais une tasse de sang devant une émission de téléréalité sur « E

---

[2] White Anglo-Saxons Protestant.
[3] Domaine actif de recherche dans la physique quantique.

Entertainment [4]». Phoenix désespérait que je lui inflige les rediffusions de la « Fashion Police » présentée par la fille de Joan Rivers [5] quand je me gardais les documentaires sur l'univers ou l'histoire de France pour les moments où il n'était pas là, l'un de mes autres passe-temps étant de le faire tourner en bourrique comme je savais si bien le faire depuis que nous nous connaissions.

Encore que je ne m'imaginais pas qu'il gardait son cerveau en mode marche pendant ces moments-là et qu'il enregistrait ainsi moult informations absolument inutiles hormis pour des sorties rhétoriques comme la précédente.

Je **gloussai**.

- Je devrais varier mes programmes télévisuels. La prochaine fois, je trouverai un documentaire sur les meilleurs **Labradors**, ou sur la façon de cultiver des **cucurbitacées**.

Mon conjoint leva les yeux au ciel, bien conscient que je ne prononçais pas des paroles en l'air. Il savait que dès que j'en aurais la possibilité, je trouverais les émissions recherchées.

- Je n'ai jamais rencontré de femmes aux idées aussi **farfelues** que les tiennes.

Je gloussai à nouveau. Quand je disais que mon grain de folie le surprenait encore !

- Tu ne peux me reprocher d'être farfelue. Après tout, je suis une vampire et je ne fais que m'aligner au comportement de mes congénères.

Phoenix leva son sourire à la Teal'c [6].

- Excuse-moi, mais il me semble que tu étais déjà pas mal atteinte quand tu étais humaine.

Je pointai mon index sur sa poitrine.

---

[4] Chaîne de télévision américaine.
[5] Présentatrice de télévision américaine.
[6] Teal'c est un personnage de la série Stargate Sg-1, qui lève toujours un sourcil quand il est perplexe.

- Alors là, je ne peux pas te laisser m'incriminer de la sorte. Combien de fois est-ce que je me suis retrouvée bouché bée devant la folie douce des vampires ?

- C'est juste que tu n'étais pas habituée à nos coutumes.

- Dois-je te rappeler une certaine soirée ?

Il se renfrogna, je m'esclaffai. Il savait pertinemment de laquelle je voulais parler.

- Je ne sais pas ce qui a pris à Talanus d'organiser une soirée ayant pour thème « l'**aliénation** de l'esprit ». À partir de là, tout était permis, c'était logique ! râla-t-il.

- Ne sois pas si grognon, ça t'a peut-être donné du boulot supplémentaire en tant qu'ange, mais ça a également permis à nos anciens chefs de secteur de devenir des légendes dans le domaine de l'organisation de fêtes. Pourquoi crois-tu qu'il a fallu refuser autant de monde au bal masqué quelque temps plus tard ?

- Je ne suis pas sûr qu'un concours d'imitation de **flatulences** humaines ou que des sculptures à base de **préservatifs** aient été appropriés pour un bal à vocation diplomatique. J'étais affreusement gêné que tu sois témoin de tels débordements.

- Ne le sois pas. Après coup, j'étais trop éberluée pour oser aborder le sujet alors j'ai préféré faire table rase de cet événement… du moins en apparence.

- En apparence ?

Je **ris** :

- Tu figurais dans les premiers souvenirs qui sont remontés à la surface après mon amnésie, mais tu n'y étais pas le seul présent. La première fois qu'un grand type blond s'amusant avec un **bilboquet** à côté de quelqu'un habillé en **Pikachu** m'est apparue en flash, je n'y ai d'abord pas cru. Et puis, ensuite, quand tout s'est mis à défiler dans ma tête, il a bien fallu me rendre à l'évidence : c'étaient des souvenirs de ma vie humaine. Avec tous les événements douloureux que je me remémorais au fil du temps, je t'avoue que j'étais contente de me rappeler de ces « débordements », comme tu les appelles.

Phoenix fronça les sourcils. Il aurait bien aimé ressusciter Finn pour le tuer à nouveau, juste pour le punir de m'avoir fait tant souffrir lorsqu'il avait effacé ma mémoire après mon premier sacrifice.

- Je n'en avais aucune idée, tu ne m'en as jamais parlé.

Je haussai les épaules, je n'aimais pas non plus repenser à cette période. Phoenix eut la bonne idée de créer une diversion :

- J'aimerais bien entendre le récit de cette soirée de ton point de vue. De cela non plus nous n'avons jamais parlé, et j'avoue que je suis curieux de savoir ce que mon assistante humaine a bien pu penser de cette fête des aliénés à laquelle elle a assisté.

- Alors tu concèdes qu'à cette époque toi et tes congénères étiez tous bien plus dingues que moi.

Mon mari leva les yeux au ciel, il n'aimait pas perdre la face.

- Si tu veux.

J'éclatai de rire.

- De toute façon tu nous as bien tous bien rattrapés et dépassés depuis.

Ce fut à son tour d'éclater de rire lorsque je le fusillai du regard.

- Allez, mon amour, la nuit n'est pas finie. Je suis impatient d'écouter ton périple au détour de cette soirée chez Talanus et Ysis.

De la folie douce des vampires...

*Vous êtes invité(e) à la soirée « Aliénation de l'esprit »
organisée par vos chefs de secteur dans leur résidence de
Harper Hill à Kerington, ce samedi 18 août.*

*Merci de venir vêtu(e) de circonstance. Veuillez noter que
les armes en argent sont prohibées pendant la fête.*

*

- Phoenix ? Avez-vous une idée du nombre de vampires qui
vont se présenter à la fête de ce soir ?

Je sirotais un verre de *Coca Cola* tout en tournant et retournant
le carton d'invitation que je tenais dans les mains. Assise sur le
canapé en cuir du bureau, j'attendais avec impatience que mon
patron m'en dise plus sur ce qui se préparait à Harper Hill.

- Trop, grogna-t-il en fermant la porte de sa chambre secrète.
J'aurais préféré rester sous ma **couette**.

Il vint s'asseoir à mes côtés et commença à boire la tasse de
sang que je lui avais préparée. Ah... Monsieur était de mauvaise
humeur.

- Pourquoi faites-vous la tête ? C'est plutôt bien de la part de Talanus et Ysis d'organiser une fête après tout ce qui s'est passé. Entre les disparitions d'humains qui ont mis à mal le Secret et la visite des Grands le mois dernier, il fallait libérer la pression. Ça peut être amusant.

J'avoue que dès que j'avais connu les intentions de mes chefs de secteur, j'avais été dévorée par la curiosité. Quel humain pouvait se targuer d'avoir assisté un jour à une fête de vampires ? J'avais vraiment hâte de voir ça. Phoenix avala une gorgée de sang avant de me répondre :

- Je vous rappelle que nous n'y allons pas pour nous amuser, mais pour travailler. Il va falloir encadrer tout ce petit monde.

- Petit comment, ce monde, selon vous ? Vous ne pourrez pas faire rentrer tous les vampires des secteurs de Kerington et de Springfield dans la villa.

Il haussa les épaules.

- Il y a eu un tirage au sort, trois cents noms sont sortis.

- Un tirage au sort ?

- C'est un procédé comme un autre. Pendant que j'y pense, vous ne devrez vous écarter de moi sous aucun prétexte. Nous avons concentré les festivités au rez-de-chaussée, et condamné l'accès à certaines pièces. Certains invités ont tendance à profiter des recoins pour copuler comme des lapins sans faire attention à la valeur des objets qu'ils font tomber dans la manœuvre.

Je ne réagis pas à l'évocation des comportements olé-olé de ses congénères.

- Pourquoi voulez-vous que je reste collée à vous ? Je pensais avoir acquis le respect de votre espèce, et personne n'oserait m'attaquer chez Talanus avec vous dans les parages.

Phoenix acheva de boire son petit-déjeuner.

- Vous êtes désormais acceptée parmi les nôtres, chose qui n'était jamais arrivé à un humain. La **tentation** sera d'autant plus grande de, si ce n'est vous tuer, vous interroger sur vos **aventures**.

Je refoulai un frisson d'horreur. En juillet, après avoir sauvé Phoenix et nos chefs de secteur de la hache du bourreau des Grands, une foule de vampires curieux avait fondu sur moi pour me harceler de questions sur mon rôle dans cette histoire. Ce n'était pas aussi dangereux qu'une foule de vampires qui fond sur vous pour vous sucer le sang, mais honnêtement, c'était une expérience très déplaisante, tant la teneur des interrogations naviguait entre stupidité et indiscrétion totale. Je me rappelle que l'un de mes fans en délire m'avait carrément demandé si j'avais été nue pour combattre mes ennemis.

- J'ai oublié de vous dire que nombre de ceux qui seront présents ce soir ont les mains baladeuses.

Je fis une moue dégoûtée.

- Je vois. Ils voudront mettre un peu de **piment** à la fête en jouant à qui pincera les fesses de l'humaine sans se faire pincer par son ange.

Il acquiesça.

- C'est à se demander pourquoi vous voulez que je vienne avec vous. Si vous étripez vos invités à cause de moi, vous allez vous faire mal voir. Il vaudrait peut-être mieux éviter cette situation, non ?

- En toute logique, ce serait préférable, oui.

- Je ne comprends pas.

Phoenix regarda dans sa tasse vide et soupira.

- Vous méritez plus que tout autre de libérer la pression, comme vous dites. J'ai bien vu vos yeux briller de curiosité quand vous avez su pour cette fête. Je vous dois bien de vous y emmener.

Il contemplait toujours sa tasse, refusant de se confronter à l'expression de surprise émue qui devait s'afficher sur mon visage. J'étais profondément touchée.

Je souris en me serrant contre lui, calant ma tête sur son épaule.

- Ne vous inquiétez pas, je ne laisserai personne me tripoter.

Il s'esclaffa et passa un bras autour de moi pour me serrer un peu plus contre lui.

- J'ai comme le pressentiment que ce ne serait rien comparé à ce qui nous attend.

*

- Hahaha ! Quand j'y repense, tu as eu une prémonition ! rigolai-je.

Mon mari leva les yeux au ciel.

- Effectivement, comparé à ce qui s'est produit, un pincement de fesses aurait été bien moins fâcheux.

Je m'approchai de lui, un sourire carnassier sur les lèvres.

- Mais si tel avait été le cas, tu aurais brisé des mains, n'est-ce pas, mon chéri ?

Phoenix me fit admirer ses crocs.

- Os par os.

Un frisson voluptueux traversa mon corps, déclenchant l'allumage de mes prunelles en mode avertissement avant explosion hormonale.

- J'aime quand tu deviens poète.

J'eus droit à un baiser passionné qui faillit activer la mise à feu de ma bombe intérieure. Phoenix rompit le contact en se reculant légèrement. Il souriait comme un gamin.

- Qu'est-ce qu'il y a ?

- J'ai repensé à la réaction d'Hippolito quand tu lui as éternué dessus en arrivant à la villa, pendant cette fameuse soirée.

Je ricanai.

- Moi qui croyais que le vampirisme soignait toutes les maladies. J'ai compris que je me trompais en rencontrant mon premier vampire hypocondriaque.

Phoenix s'esclaffa.

- Tu étais si mortifiée de l'avoir traumatisée ! Il fallait voir ta tête !

- Hé ! Je croyais que c'était moi qui devais raconter ?!

*

- Je suis désolée ! Mais… ne partez pas comme ça, la fête n'a pas commencé et… Phoenix ! Il s'en va ! Où va-t-il ?

Je tournai la tête vers mon employeur… qui se tordait de rire en fermant la portière de la Camaro.

Nous étions arrivés en avance. Il n'était que 23h, les invités allaient commencer à affluer vers minuit. Seulement, certains étaient déjà là comme le prouvaient les nombreuses voitures stationnées sur le parking de nos hôtes. Je n'avais pas vu arriver le gros vampire joufflu dans mon dos, et lorsque je m'étais retournée pour libérer de manière peu ragoûtante un violent éternuement, je l'avais copieusement aspergé de postillons. La honte totale ! Surtout que le type avait commencé par essuyer sa moustache avec horreur, avant de faire demi-tour en courant je ne sais où. Dépitée, je **trifouillai** dans mon sac à la recherche d'un mouchoir.

- Je crois qu'il va rentrer chez lui prendre une douche. Félicitations, Sam ! Hippolito sort rarement de sa maison à cause de son hypocondrie, je crois que c'est la première fois en dix ans que je le vois ici. Et il est parti. Vous avez fait… *mouche* !

Je devins cramoisie. La honte, la mortification, et la colère bataillaient dans mon esprit. Mon réflexe de lever mon bras devant ma bouche n'avait pas été assez vif et à cause de cela, j'avais manqué de respect à un être déjà perturbé, et j'avais donné à mon patron une occasion de s'exercer au **plaisir** des jeux de mots débiles pour m'humilier davantage. Ah bravo !

- S'il-vous-plaît, oubliez-moi.

L'hilarité de Phoenix redoubla.

- Et dire qu'on n'est même pas encore entrés ! Je sens que finalement, il va bien y avoir quelque chose d'amusant dans cette fête sur l'aliénation de l'esprit : la reine des aliénés qui nous gratifie de sa présence !

- J'ai plusieurs options pour vous **punir** si vous n'arrêtez pas de vous moquer de moi : la **flagellation** à coups de **télécommande**, l'ingurgitation de **pistaches** avariées (Phoenix détestait tout ce qui touchait à la pistache), ou le port permanent d'une **banderole** où serait inscrit : « Avant j'étais entier. Mais ça, c'était avant de l'avoir vexée. »

Phoenix vint se planter devant moi, provocateur.

- **Saperlipopette**, je suppose que ces incroyables sévices sont dans l'ordre de l'horreur croissante. Où est votre sens de l'**humour**, Samantha Jones ?

Nous nous fixions l'un l'autre. J'aurais tellement voulu trouver la répartie qui tue pour lui clouer le bec en cet instant ! Mais non.

Je me contentai d'éclater de rire. Quand il était ainsi, je n'arrivais pas à rester en colère. C'était tellement agréable de le voir de bonne humeur.

- Allons-y, avant que j'éternue sur quelqu'un d'autre en qui le vampirisme n'a pas guéri les troubles psychologiques, proposai-je.

Nous nous mîmes en route, et une fois arrivés devant la porte d'entrée :

- Sam.

- Oui ?

- Vous oseriez vraiment me faire avaler de force des pistaches avariées ?

- Tss…

*

- **TIRLIBIBI**, **SUPERCALIFRAGE** ET **CARABISTOUILLE** ! BIENVENUE, Ô HUMBLES ESPRITS ALIÉNÉS, Ô **AUTOCHTONES** DE L'ANTRE DE LA FOLIE !

- Remballe ton numéro, Joshua. Nous sommes en service.

- Désolé, boss.

- Sam, fermez la bouche et forcez vos pieds à avancer.

- Mais… c'est quoi ce délire ?

J'en étais encore à béer comme une idiote face à Joshua, traumatisée par l'accueil quelque peu rocambolesque que ce grand vampire blond paraissant la trentaine nous avait réservé. Sa camisole de force percée pour lui permettre de brandir son bilboquet n'avait rien arrangé au tableau.

Phoenix leva les yeux au ciel puis me poussa en avant.

- Les vampires aiment le luxe, le sang et… le sens de la mise en scène. Joshua est acteur, il est très apprécié des créatures de la nuit et quand il se produit quelque part, les salles sont combles.

Je me tournai maladroitement vers l'intéressé en même temps que je marchais, et celui-ci, ayant entendu les compliments de son ange, m'envoya un baiser gracieux en achevant son geste par une révérence d'une élégance toute théâtrale.

Puis la porte s'ouvrit.

- TIRLIBIBI, SUPERCALIFRAGE ET CARABISTOUILLE !
- **BIGORNEAU, JOJOBA ET CROCODILE !**
- HI HI HI !
- HO HO HO ! D'enfer le bilboquet !

Je trébuchai, Phoenix me rattrapa en soupirant.

- Samantha, si vous devez fixer comme ça tous les vampires qui se conduisent en dehors de toute logique, vous risquez de passer pour plus atteinte qu'eux, ce soir.

Je lâchai du regard les nouveaux arrivants à contrecœur. Ils étaient en train de rire à gorge déployée, Joshua occupé à tourner autour d'eux en les complimentant sur le choix de leurs costumes : l'un incarnait **Pikachu**, l'autre la boule rouge et blanche censée le contenir. Je n'avais jamais rien compris aux Pokémon, hormis que des gens étaient prêts à escalader des immeubles pour aller en chercher avec leurs téléphones portables.

- Désolée, mais… un vampire Pikachu ! Vous voulez que je réagisse comment ?

- Avec professionnalisme, Sam.

Mon employeur était agacé par mon comportement, je le voyais bien. Finie la bonne humeur qui avait fait suite à l'arrosage en postillons du pauvre Hippolito. Même si je considérais ses remontrances comme légèrement injustes, je décidai de lui obéir. Nous jouions gros à chaque fois que nous venions ensemble à la villa. Nous nous devions de paraître forts ensemble pour ne pas tenter quelques mécontents de nous planter une lame bien aiguisée dans le dos.

C'est ainsi que je ne montrai aucune émotion à la vue du décor fastueux et quelque peu… dingue qui nous entourait. En fait, on s'était attaché à reproduire le monde coloré et loufoque d'Alice au Pays des Merveilles. Il y avait même la fameuse chenille qui soufflait des nuages de fumée sur ceux qui s'approchaient d'elle.

- J'hallucine, dis-je en passant à travers l'un de ces cercles brumeux.

- Moi aussi, me répondit l'insecte, ouvrant subitement des yeux et une bouche que je pensais inanimés.

Phoenix me tira par le bras pour rétablir mon équilibre alors que j'étais à nouveau en train de plonger vers le sol.

- Bon sang, Sam !

- Désolée !

Nous gagnâmes la salle des trônes où je soufflai d'admiration. Tout était… sens dessus dessous. Enfin… à l'envers plutôt : les lustres avaient été attachés au sol je ne sais comment, et des meubles avaient été collés au plafond. Tiens ! Les musiciens également !

- Mais le sang va leur monter à leur tête ! m'exclamai-je, éberluée.

- Et vous croyez qu'ils vont en mourir ? rétorqua Phoenix, acerbe.

Ma réflexion était stupide. Bien sûr qu'ils n'allaient pas en mourir ! Les voir accorder leurs instruments comme si de rien n'était en constituait une preuve flagrante.

- Venez, nous devons prendre nos dernières instructions auprès de Talanus et Ysis. Ils doivent nous attendre dans leurs appartements.

Je parvins à reprendre mes esprits au moment où mon patron toqua à leur porte, et exhalai un soupir de soulagement en les voyant l'un et l'autre habillés tout à fait normalement : en tenues de soirée incroyablement élégantes et certainement incroyablement chères.

Ysis portait une robe vaporeuse d'un blanc immaculé qui lui arrivait aux chevilles, assortie d'escarpins noirs aux talons vertigineux et de bijoux resplendissants composés principalement d'émeraudes de la couleur de ses yeux. Quant à Talanus, il portait le smoking comme personne.

Ai-je oublié de mentionner que ma chef de secteur était allongée sur le canapé en train de fumer un cigare cubain dont l'odeur me chatouilla les narines ?

- Eh bien, ange. Comment trouves-tu la décoration de notre demeure ?

Je ne compris que plus tard pourquoi Phoenix prit des gants pour donner sa réponse et pourquoi celle-ci fit rayonner le général romain de bonheur.

- Et vous, Mademoiselle Jones ?
- C'est le comble de l'aliénation. Vos décorateurs sont géniaux.

Je fronçai les sourcils en me morigénant intérieurement. J'aurais peut-être dû être moins sincère parce que le sourire mystérieux de mon interlocuteur me donna une envie folle de sortir de cette pièce en hurlant à la mort.

Ysis se leva.

- Talanus, tu la terrifies avec tes questions. Venez, ma chère. Installons-nous sur le sofa pendant que ces messieurs s'accordent entre eux sur le bon déroulement de cette soirée.

La princesse égyptienne saisit ma main et m'emmena à destination.

- Un cigare ?

Je déclinai poliment. Vu que ma supérieure semblait d'humeur affable, je décidai de satisfaire ma curiosité.

- Ysis, pourquoi avoir choisi ce thème pour votre fête ? Vous auriez pu prendre, je ne sais pas, la mer, les années 80, ou l'agriculture.

Elle s'esclaffa en jetant un coup d'œil à son époux.

- Il aurait fallu faire de la place pour un **bateau** de pirates, une réplique du premier *Terminator*[7], ou un **tracteur**. Et entre nous, je n'ai pas envie que ma demeure sente comme la marée descendante sur des rochers jonchés de **moules**.

Je me calai un peu plus dans le canapé.

- Inutile de voir aussi grand, dis-je, amusée.

- À qui le dites-vous !

Quelque chose m'échappait dans cette discussion, mais je n'avais aucune idée de ce que c'était.[8] Bah ! Ça n'avait guère d'importance.

- Enfin, avec cette fête, nous tenons une occasion de raviver l'engouement pour notre secteur. Après les événements liés au trafic de sang, nous avons eu quelques revers côté investissements. Nous devions frapper fort pour faire du bruit, reprit Ysis.

- Si ce que j'ai vu jusqu'ici n'est qu'un avant-goût de ce qui se profile, vous allez frapper les esprits, c'est évident.

Elle rit.

- Nous avons toute confiance en Phoenix et en vous pour que l'ordre règne dans ce qui va devenir une maison de fous d'ici quelques minutes.

- Votre confiance m'honore, grinça mon employeur, qui venait de terminer sa conversation avec Talanus.

Ce dernier lui asséna une vive claque dans le dos.

- Allons, ange, ne joue pas les rabat-joie. On va bien s'amuser.

---

[7] Le 1er opus de James Cameron date de 1984.
[8] Cf *Samantha Watkins ou les chroniques d'un quotidien extraordinaire, tome 3 : Chaos*.

- Je ne joue pas les rabat-joie, et je vous rappelle que, contrairement à vous, je ne suis pas là pour m'amuser, rétorqua Phoenix d'un ton réfrigérant.

Le général romain se tourna vers moi.

- *C'est vraiment* un indécrottable rabat-joie.

Par loyauté, je me retins de rigoler, et me contentai de hausser les épaules. Talanus s'empara de la main de sa femme, la baisa, puis précéda tout le monde en direction de la grande salle.

- Oh, j'oubliai Mademoiselle Watkins, le buffet sanguin ne sera certainement pas à votre convenance alors nous en avons créé un spécialement pour vous. N'hésitez pas à vous servir. Ce n'est pas comme si nous allions inviter plus tard d'autres humains pour finir les restes.

Surprise par cette attention, je n'en fus pas moins touchée et heureuse. Mon repas du soir était loin et une longue nuit s'annonçait. Maintenant que j'avais la permission officielle de jouer les pique-assiettes, je comptais bien m'en donner à cœur joie gustativement parlant, tout en jouant correctement mon rôle, professionnellement parlant.

Comme je n'avais pas encore remercié mon hôte, mon estomac s'en chargea pour moi :

- GROOOBLUBLUBLUBGROOORRRRROOOWWWW.

Je me pétrifiai sur place, les joues cramoisies. Phoenix se tapa le front du plat de la main. Quant à Talanus et Ysis, ils s'écrièrent ensemble :

- De rien !

*

Je n'avais pas fait attention au buffet en arrivant dans la salle des trônes, les musiciens m'avaient trop distraite. Là, j'avais une bonne vue sur la profusion de plats qui m'attendaient car Phoenix m'avait traînée devant la grande table en me menaçant de me fourrer lui-même les mets dans la bouche si je ne faisais pas taire mes gargouillis en rassasiant mon estomac d'ogresse.

- Vous pourriez être plus sympa ! Je suis humaine, rappelez-vous ! J'ai le droit d'avoir faim ! pestai-je, par pur défi.

Il me fourra une assiette dans les mains.

- J'ai connu un tas d'humaines, et jamais aucune n'a eu un estomac capable de jouer toutes les symphonies de Beethoven en grognements majeurs.

Plus agacée par sa référence aux femmes qu'il avait connues que par sa vindicte sur mon organe digestif, je m'emparai rageusement d'une cuillère et observai la table.

- Il me faudra une centaine de boîtes *tupperware* pour éviter de gaspiller ! Je ne pourrai jamais avaler tout ça ! m'exclamai-je.

J'oubliai ma querelle avec mon patron à la vue des tranches de rôtis de bœuf, porc et volaille, des chips, des salades composées, du chili con carne, de la **ratatouille**, des frites qui me faisaient face. Et ne parlons pas des **fromages** et des desserts ! **Camembert** bien coulant de Normandie, emmental, comté, roquefort et autres, amoureusement disposés près de baguettes croustillantes sous un mini-**barnum** aux couleurs de la France ; **brioche** au **Nutella**, parts de moelleux au chocolat, pyramide de **macarons**, cake au carambar, et fruits en tous genres (**cerises**, bananes, mangues, pommes, etc).

En me penchant un peu, je vis un plat que je ne pus définir.

- C'est quoi ça ? demandai-je à Phoenix en pointant du doigt l'objet de mon interrogation.

L'intéressé renifla, puis recula de deux pas.

- Il y a tellement de trucs sur cette table que les odeurs se mélangent et m'agressent les narines. Je préfère passer sous silence les émanations dégagées par les fromages français, grogna-t-il en faisant le geste de s'éventer.

Je souris.

- Je vois que ce n'est pas vous qui allez me répondre.

- Je peux peut-être vous aider, Mademoiselle Jones !

Un vampire roux, visiblement canadien étant donné l'accent à couper au couteau que j'avais entendu, nous salua en se postant derrière le buffet.

- Marcus Gagnon, pour vous servir. Talanus m'a demandé de mettre à l'œuvre mes talents de chef cuisinier pour vous ce soir. J'ai décidé de suivre les rumeurs sur vos goûts en matière culinaire et puis j'y ai mis ma petite touche personnelle : un **poutine** bien de chez moi, au Québec !

Dans un premier temps, je me raidis en apprenant que ça jasait sur mon compte sur un sujet aussi trivial que la nourriture. Je préférais ne pas imaginer à quel point les rumeurs devaient également circuler sur des sujets plus importants, comme mes compétences d'assistante auprès de l'ange vampire de la région.

Dans un second temps, je percutai sur le nom employé par notre ami canadien.

- N'est-ce pas une touche à consonance russe ?

Marcus Gagnon leva les yeux au ciel.

- Ce président[9] à la noix ne fait que jeter de l'ombre sur la fierté de mon pays ! Heureusement que son premier ministre ne s'appelle pas Dion ! Ce serait un blasphème mortel à l'encontre de la déesse du chant et le châtiment en serait la mort par éviscération !

Je faillis rire à cause de cette formulation emphatique, heureusement je m'en abstins. Il était on ne peut plus sincère, ses yeux enflammés le prouvaient. Je compris que je n'avais pas intérêt à dire du mal de Céline Dion devant lui ou il perdrait tout sens des bonnes manières, à coup sûr. Je n'avais rien contre l'interprète de « My heart will go on[10] », seulement de là à défendre son **érection** au statut de divinité de la chanson... Mieux valait en revenir à un sujet moins dangereux :

- Qu'est-ce que c'est alors, le poutine ?

---

[9] Vladimir Poutine, président de la Russie « démocratique ».
[10] BO de « Titanic », de James Cameron, 1997.

- Le poutine est un plat à base de frites, de cheddar et de sauce brune.

- Encore du fromage, dit Phoenix en reculant encore, cette fois en se pinçant le nez.

Le Québécois fronça les sourcils, vexé.

- Ça a l'air bon, dis-je en tendant mon assiette, histoire de rattraper le coup.

- Ça n'en a pas que l'air ! Vous pouvez me croire !

Je le fixai, amusée.

- Vous êtes bien sûr de vous pour quelqu'un qui ne boit plus que du sang.

Il me fit un clin d'œil.

- Je fais quelques entorses de temps en temps.

Je me rappelai la dernière fois que Phoenix avait fait une entorse à son régime : un morceau de rôti de bœuf s'était coincé dans sa gorge et j'avais pleuré de rire en le voyant se battre avec. Je me tournai vers lui. Celui-ci retroussa sa lèvre supérieure en un rictus mauvais, dévoilant ses crocs. Il avait parfaitement suivi le cours de mes pensées.

- Le plus beau jour de ma vie sera quand un génie aura inventé du sang saveur Poutine.

Marcus avait à nouveau attiré mon attention.

- Ça viendra peut-être un jour.

Il m'offrit un autre clin d'œil.

- Qui sait ? [11]

*

---

[11] Cf *Samantha Watkins ou Les chroniques d'un quotidien extraordinaire*, tome 4, 2ème partie.

- Mon **amour**, j'avoue que ta façon de dévorer ces plats ce soir-là fut une étape importante vers l'acceptation de mes **sentiments** à ton égard.

- C'est vrai ?!

- Non.

- Idiot.

*

- Sam !

- Mmh ?

- Quand vous aurez fini d'engloutir ces macarons, on pourra peut-être se mettre au travail ! Tous les invités sont arrivés.

- Cette ganache à la pistache est une pure tuerie. J'en avalerais des… Hé !

Je fus tirée violemment par le bras de l'autre côté de la grande salle. J'en lâchai les trois macarons que j'avais voulu dévorer.

- Au revoir, Mademoiselle Jones, merci d'avoir fait honneur à mes plats ! s'écria Marcus Gagnon, de plus en plus loin.

Un grondement bas agressif accueillit ce remerciement.

- Espèce de malpoli ! m'emportai-je, une fois mon équilibre retrouvé, face à mon patron en colère.

Il mit ses poings sur ses hanches et me foudroya du regard.

- Vous avez encore de la pistache entre les dents.

Je m'empressai de fermer la bouche, ce qui lui fit prendre un air hautain insupportable.

- Rappelez-moi de mettre de l'extrait de pistache dans votre sang pour votre prochain petit-déjeuner… murmurai-je pour lui seul.

- Rappelez-moi de vous acheter des doses de bon caractère pour votre **anniversaire**, rétorqua-t-il.

- Parlez pour vous, espèce de…

- PHOENIX !

Nous nous tournâmes vers l'origine de ce cri enthousiaste. Une petite vampire replète s'avançait vers nous, le sourire aux lèvres. Elle devait avoir entre quarante-cinq et cinquante ans lors de sa transformation. Elle portait un simple tailleur-pantalon avec un **collier** de perles assez joli et des escarpins à petits talons.

- Jocelyne, heureux de te voir.

Étonnée par la chaleur dans la voix de mon employeur, je le fixai. Il semblait vraiment apprécier la nouvelle venue, car il ne la regardait pas comme s'il allait la couper en morceaux et exposer ceux-ci au **soleil**. Leur hochement de tête marqua leur respect mutuel.

- Ça fait combien de temps, cher ange, dix ans ? Quinze ans ?

- Ça fait trente ans, en vérité, depuis la dernière fois.

- L'immortalité n'a pas changé la femme débordée que je suis. Les récents événements m'ont toutefois poussée à venir en personne découvrir l'humaine qui a sauvé le Secret, dit-elle en finissant par se tourner vers moi, une lueur de curiosité dans ses prunelles noisette.

Phoenix entreprit de faire officiellement les présentations.

- Samantha, voici Jocelyne Kreuk. Elle travaille comme juriste internationale auprès d'un groupe de personnes aux « Grandes » responsabilités.

- Je vois, répondis-je en la saluant.

- Jocelyne, je te présente Samantha Jones, mon assistante, à qui je dois également la vie.

Je m'empourprai aussitôt face à l'honneur suprême que me faisait Phoenix de le reconnaître devant une tierce personne. C'était une marque évidente de son amitié envers moi.

- Vous devez avoir le lion pour **totem**, Mademoiselle Jones. Votre courage et votre loyauté sont admirables, surtout pour une humaine.

Je commençai à bafouiller.

- Fermez la bouche, Sam. Dès que vous êtes gênée, vous vous exprimez en borborygmes totalement **abscons**. Vous êtes ridicule.

Je vis rouge immédiatement. Comment osait-il me **peindre** de la sorte devant une étrangère ?! Juste après m'avoir si bien complimentée ?! Il était hors de question que je laisse ce parangon d'impolitesse à la Mr Hyde s'en tirer comme ça !

Je répliquai d'une voix cassante :

- Faites attention ! À force de vous faire mousser avec votre arrogance, vous risquez le **priapisme** [12] permanent d'un **Casanova** shooté au *Viagra* !

Ses pupilles se chargèrent en un éclair comme des carabines, et sa lèvre supérieure se retroussa sur ses crocs.

- Mieux vaut le priapisme avec un membre **turgescent** atrocement douloureux qu'écouter la **gastro** verbale d'une timide **métamorphosée** en monstre d'une rhétorique ciblée sous la ceinture ! Quand vous vous y mettez, vous êtes pire qu'une **infection** ! Qu'est-ce que la **coqueluche** ou la peste noire face à votre caractère ?! Un autre que moi aurait déjà réduit votre **squelette** empoté en **confettis** pour votre insolence !

Il avait craché ces horreurs sur un ton très bas, de sorte que je sois la seule hormis Jocelyne à l'entendre. Pff !

- Votre **régurgitation** de menaces réchauffées n'a rien à envier à ma gastro verbale, si vous voulez mon avis. Et je vous garantis que si un jour vous osez me réduire en confettis, je reviendrai vous **hanter** chaque jour, dans votre sommeil, pour vous gâcher l'existence !

- Comment mes collègues peuvent-ils se laisser abuser par votre **frimousse** aimable ?! Vous êtes en fait la harpie la plus diabolique et la plus agressive que cette Terre ait portée !

- J'ai comme le sentiment que si ça n'avait pas été le cas, vous ne m'auriez jamais respectée.

---

[12] Érection violente du pénis anormalement prolongée.

Il fut pris de court par ma répartie. Il ne devait pas s'attendre à ce que je reconnaisse les fabuleuses qualités dont il m'avait qualifiée. Je redressai fièrement le menton et pointai mon index sur sa poitrine.

- **Chupacabra** et **rutabaga**, à la fin de l'envoi, je touche !

- Vous êtes complètement frappée, Samantha, et cette fois je vais vraiment vous…

- Hum… hum…

Face l'un à l'autre, presque front contre front, nous avions, dans notre colère, totalement oublié Jocelyne, laquelle nous contemplait avec un mélange de surprise et d'amusement.

- Je me suis permise de vous interrompre ou la **neige** de décembre aurait commencé à tomber que vous en seriez encore à vous disputer.

Phoenix et moi nous écartâmes, embarrassés, en nous jetant tout de même à chacun un coup d'œil mauvais. Notre interlocutrice reprit :

- Il y a un concours d'imitations dans la salle de poker. Phoenix, m'autorises-tu à y emmener ton assistante ? C'est un spectacle à ne pas rater.

L'hésitation et l'inquiétude se peignirent sur le visage de ce dernier. Malgré mon irritation à son encontre, je fus touchée du souci qu'il se faisait pour ma sécurité.

- Je veillerai sur elle. Fais-moi confiance.

Les vampires auxquels mon patron avait accordé sa confiance se comptaient sur les doigts d'une main. Jocelyne avait, je ne sais comment, obtenu l'insigne honneur d'en faire partie ; je le compris quand Phoenix hocha la tête en guise d'acquiescement.

- Une heure, Sam. Ensuite vous me revenez.

- Oui. C'est promis.

Ma guide vampire prit alors mon bras, un étrange sourire aux lèvres. Nous sortîmes de la grande salle vers notre destination. La fête battait son plein désormais, et nous croisâmes d'innombrables visages plus ou moins reconnaissables comme tel eu égard aux artifices utilisés pour les rendre loufoques. Il y avait par exemple un sosie d'Elvis qui discutait avec le sosie de Michael Jackson à l'époque où il ressemblait encore à un être humain, une jeune femme pulpeuse s'était habillée en Sailor Moon[13] dont les grandes mèches blondes étaient tenues par (!) un faux cheval criant « Taïaut[14], taïaut ! Sus à la **cagole**[15] et à la **gourgandine** ! », et…

- BOUH !

- Hiiiiiiii !

J'avais si bien sauté en l'air que je m'étais retrouvée dans les bras de mon accompagnatrice. Pendant ce temps, ce que j'avais pris pour la réplique d'un **lampadaire** parisien se tordait de rire en me pointant du doigt.

- Houhouhou ! Hahaha ! Vous êtes la troisième à vous faire avoir, Mademoiselle Jones ! Je sens que je vais bien rigoler ce soir à faire peur à tout le monde. Je savais bien que c'était utile de regarder l'émission « Face Off [16]» !

Toute occupée à empêcher mon cœur de jaillir de ma poitrine comme Jocelyne me reposait par terre, je me contentai de foudroyer cet abruti du regard, utilisant mon **imaginaire** foisonnant afin de trouver les sévices les plus appropriés pour punir son néant intellectuel.

- Coren, tu lui as fait une peur **bleue** ! l'attaqua celle-ci, la lueur jaune dans ses yeux **s'éteignant** peu à peu.

Je soupçonnai qu'elle avait été prête à me défendre et qu'elle goûtait aussi peu que moi cette plaisanterie.

- C'était le but, enfin !

- Tu expliqueras ça à…

---

[13] Personnage de manga japonais.

[14] Dans la chasse à courre, cri du veneur pour signaler la bête et lancer les chiens à sa poursuite.

[15] Terme familier désignant une jeune femme à la tenue vulgaire et provocante.

[16] Émission américaine où des candidats montrent leurs talents de maquilleurs effets spéciaux pour le cinéma.

BAM ! OUILLE ! PONG ! ARGH ! BOUM ! SCRATCH ! RÂÂÂÂÂÂaaaa….

- … Phoenix.

Tout s'était passé si vite que mon œil humain n'avait pu discerner les mouvements des protagonistes, à savoir Coren et mon employeur. Je compris seulement que Phoenix avait dû m'entendre crier et qu'il avait accouru pour rappeler qu'on ne s'en prenait pas impunément à moi, même pour de faux. Jocelyne, avec ses sens surdéveloppés, m'apprit que l'importun avait été purement et simplement jeté sur les graviers après avoir reçu quelques coups bien placés.

VOUSH !

- Il pourra s'estimer heureux d'avoir gardé sa tête, acheva-t-elle alors qu'un courant d'air faisait voleter nos cheveux.

C'était Phoenix qui repartait dans la grande salle à toute allure, personne n'étant assez fou pour se mettre en travers de son chemin après ce qui venait de se produire. Jocelyne me reprit par le bras et me força à avancer.

- C'est la première fois que je vois Phoenix se mettre dans cet état de nerfs. Vous avez un réel pouvoir sur lui, vous savez. Je l'ai vu mettre en pièces un vampire **pédophile**, un jour. Le traitement qu'il lui avait réservé fut on ne peut plus cruel, et exécuté avec un sang-froid qui m'impressionna. Notre ange n'a pas pour habitude d'éprouver des sentiments, c'est pourquoi la façon toute maladroite qu'il a de vous couver témoigne de son affection pour vous.

- Ah, parce que me menacer tous les cinq minutes de me tordre le cou signifie pour vous qu'il me couve ?!

Elle rit.

- Je ne vois Phoenix que très occasionnellement à cause de mes voyages, mais j'entends très souvent parler de lui, où que j'aille. Savez-vous ce qu'on dit ? Qu'il ne menace jamais deux fois.

Je frémis. Tant pour la violence sous-entendue, que pour ce que cela supposait pour moi.

- Nous sommes amis. J'ai un avantage sur ces vampires hors-la-loi, donc.

Les pupilles de Jocelyne brillèrent quand elles scrutèrent les miennes.

- Amis, hein ? Mmh…

Je fronçai les sourcils devant sa mine réjouie. Y avait-il quelque chose qui m'échappait ? Je n'eus pas l'occasion de m'appesantir sur ce mystère.

Un concert de pets m'ôta toute capacité de réfléchir.

*

J'éclatai de rire. Mon époux venait de se cacher le visage dans ses mains.

- Mon Dieu, j'ai honte. J'ai honte !

- Mais pourquoi ? rigolai-je encore. Quand j'y repense, avec le recul, c'est un des moments les plus drôles de ma vie. Encore mieux que de voir Dennis Obson marcher sur ses lacets et rouler par terre dès qu'il se trouve en ta présence !

Phoenix écarta ses doigts pour me regarder.

- La lumière qui doit guider notre peuple vers un destin extraordinaire… a des goûts en matière humoristique peu évolués.

Je lui retirai ses mains.

- Parce qu'on doit guider son peuple vers un destin extraordinaire, on doit se gaver uniquement d'essais profonds déprimants à souhait ?

- Tu en lis pourtant.

- J'ai l'esprit ouvert. Je me suis bien mariée avec toi.

Phoenix me renversa sur le dos si vite que je ne vis pas un seul de ses mouvements. Il me donna ensuite un baiser fiévreux qui me chamboula à tel point que les arbres autour de nous s'agitèrent, violemment secoués par de subites bourrasques.

- Il me semble que tu y as trouvé ton compte, dit-il ensuite.

- Prétentieux ! m'exclamai-je, avant de le ramener à moi pour le posséder à mon tour.

Un grondement viril me fit tressaillir et ma vision **nyctalope** me permit de voir qu'il avait carrément effrayé une biche qui se trouvait là. Ses mains pétrissaient mon postérieur avec conviction.

Il stoppa net quand j'éclatai de rire à nouveau.

- Si c'est l'effet que je te fais, je crois que n'ai plus qu'à m'enfoncer un pieu dans le cœur.

Je reculai, encore sous le coup de mon hilarité.

- Désolée. Je repense à ce qui s'est produit quand on a passé cette porte avec Jocelyne. C'était tellement... n'importe quoi.

*

Une salve d'applaudissements retentit à la fin de cette cacophonie peu ragoutante, et un vieux vampire aux longs cheveux gris se dirigea vers l'un des « musiciens » avec... oh là là... une espèce de statue faite à partir de préservatifs.

- Félicitations, Ramsay ! Vous et votre équipe gagnez sans conteste le concours des « Péto'vamp » !

Complètement dépitée par le niveau du spectacle, je murmurai à ma voisine :

- Pitié, dites-moi que je rêve ou que c'est une grosse blague. Les vampires ont quand même plus de classe que ça.

Elle haussa les épaules.

- On peut aimer lire des traités philosophiques ultra-intellectuels et apprécier l'humour gras.

- Parce que c'est votre cas ?

- Pas vous ?

- Euh...

Je préférai me taire, histoire de ne pas la vexer.

- On forme deux équipes ! lança quelqu'un.

31

- Yeaaaaaah! hurlèrent les dizaines de personnes tassées dans la pièce où Phoenix et moi avions rencontré Kaiko et Ichimi.

- Qu'est-ce qui se passe ? demandai-je.

Jocelyne, qui avait beuglé avec les autres, m'attira du côté droit de la salle de poker et m'annonça :

- Le premier qui trouve l'objet imité a gagné. On compte les points pour chaque équipe.

J'eus à peine le temps d'assimiler ses explications que le jeu commençait.

Un vampire minuscule se mit à courir partout en couinant. Des tonnes de propositions fusèrent aussitôt, si bien que je me demandais comment l'arbitre, celui qui avait décerné le trophée-capotes juste avant, allait faire pour déterminer de qui venait la bonne réponse.

Celle-ci vint de la plus surprenante des manières.

- Un écureuil enragé !

Je m'étais écrié après avoir vu l'acteur en herbe grimper sur les meubles à quatre pattes, puis attaquer quelqu'un à la jugulaire (sans répandre de sang, heureusement).

- Un point pour l'équipe de Samantha Jones !

Des rugissements de contentements explosèrent autour de moi et je reçus tant de claques dans le dos que j'aurais intérêt à cacher mes bleus à Phoenix le lendemain.

Je souriais malgré moi… et perdis mon sourire la fois suivante quand l'équipe adverse trouva le chat qui n'a pas été suffisamment **vermifugé**. Après notre défaite sur « **anticonstitutionnellement** » et « **émondeur** en pleine **anamorphose** », je dénonçai à forts cris une entente entre l'un des acteurs et nos concurrents. Mince ! Je me prenais au jeu !

- Aux chiottes, **pourritures** de tricheurs ! vociféra Jocelyne, qui semblait avoir perdu toutes ses bonnes manières de juriste des Grands. **Violette**, jette-moi ce pseudo-imitateur vénal dehors ou je vais lui arracher ses parties génitales à coups de crocs !

Mazette ! Jocelyne avait un sens aigu du sport et ça devait se savoir, car la dénommée Violette n'eut aucun mal à faire sortir le traître de la pièce. Nos adversaires se gardèrent bien d'émettre la moindre contestation, sensible à l'aura indignée qui se dégageait du petit bout de femme qui m'accompagnait.

Le jeu reprit et sans peine, je devinai :

- George Bush Junior essayant d'éviter les **sandales** d'un journaliste en pleine conférence de presse !

- Sally qui simule un **orgasme** dans le restaurant dans « Quand Harry rencontre Sally » !

Nous gagnâmes in extremis un nouveau point sur une erreur de nos concurrents :

- Faire un **karaoké** sur du Britney Spears !

L'arbitre rigola :

- Quelle idée !

- Britney Spears en playback pendant un concert! cria quelqu'un près de moi.

- Bonne réponse !

On congratula notre équipier qui en renifla ses **aisselles** de contentement. Beurk !

- On en est à dix points à gauche contre neuf points à droite ! L'écart se réduit ! Encore deux points à attribuer ! Et c'est reparti !

J'avoue que je n'aurais jamais trouvé par moi-même l'**agrafeuse** ensorcelée. Les vampires avaient vraiment des idées saugrenues. Enfin, nous en étions au match nul et la dernière imitation allait déterminer le vainqueur de la partie. Toute l'assemblée était sur des charbons ardents quand les deux acteurs firent leur entrée habillés chacun en un gros bébé à l'air méchant, et en femme collet monté donnant un **biberon** plein de sang à ce dernier.

En tout cas, mon sang à moi ne fit qu'un tour dans le silence réflexif ambiant.

- Norman Bates et sa mère ! hurlai-je à pleins poumons.

- BONNE RÉPONSE !

Je reçus des tonnes de félicitations et de remerciements de la part de mes acolytes et, également de la part de mes adversaires, dont certains me complimentèrent en me disant que pour avoir trouvé un truc aussi gore, j'avais les tripes d'un super vampire. Je n'étais pas sûre d'apprécier qu'on approuve mes tendances de psychopathe, mais la victoire avait trop bon goût pour que je m'appesantisse là-dessus.

Et c'est avec un sourire éclatant que j'acceptai le trophée tout particulier qui nous attendait :

- Que c'est… hum… joli.

Un éclat de rire général ponctua ma déclaration. Il faut dire que cette **manivelle** customisée à la peinture dorée était superbe, surtout en raison de sa poignée à la **pilosité** savamment étudiée.

- Ce sont des poils de **cougar**, Mademoiselle Jones, m'informa notre arbitre, tout sourire.

- Ça n'a pas été trop difficile d'en attraper un ?

- Oh, pour ce spécimen, ça n'a pas été compliqué, je l'ai trouvé en ville.

- Oh ?

- C'était une cougar en manque levée dans un bar de Kerington.

J'en lâchai immédiatement mon trophée, l'assistance en plein délire tellement la blague lui semblait bonne.

- C'était pour rire, Mademoiselle Jones !

Ils sont tous complètement tarés ! pensai-je. *À quoi pensaient Talanus et Ysis en proposant cette soirée à thème ?*

- Félicitations à tous, grinçai-je. Je crois que question aliénation de l'esprit, vous êtes ce qui me semble les meilleurs candidats à enfermer dans une chambre capitonnée.

On aurait dit que je leur avais fait le compliment du siècle. Ils avaient tous l'air ravi, Jocelyne comprise.

Des dingues ! Avec ou sans thème, les vampires sont complètement dingues !

- Euh, je crois qu'il est temps que je rejoigne Phoenix, dis-je, espérant vider les lieux en vitesse.

Jocelyne vint vers moi avec un sourire radieux.

- Certes, ma chère, vous devez *lui revenir*.

*

- Phoenix, comme promis je te ramène ton assistante.

Mon employeur prit le temps de vérifier que j'allais bien.

- Son cœur bat trop vite. Qu'est-ce qui s'est passé ?

Son ton était glacial. Jocelyne risquait un savon en bonne et due forme alors qu'elle n'avait rien fait de mal.

- Ce n'est rien, déclarai-je. Je suis juste… encore un peu sous le coup de notre victoire au jeu des imitations.

Phoenix haussa les sourcils, interrogeant du regard son amie.

- C'est la pure vérité. Robert était heureux de lui remettre le trophée en main propre.

- Jocelyne, ne me dis pas que c'était encore une de ses créations écœurantes !

- Je crois qu'il n'a jamais été autant inspiré sur ce coup, hihihi !

Comme mon patron la regardait avec l'air de vouloir en faire de la chair à pâtée, Jocelyne me salua chaleureusement et prétexta l'envie d'aller voir des amis de longue date pour s'éclipser.

Phoenix se tourna ensuite vers moi et m'entraîna vers une sortie annexe, accessible par le couloir menant aux appartements de Talanus et Ysis.

- Je suis désolé, Sam, dit-il sur le perron. Je crois que je n'aurais jamais dû vous amener ici finalement. Voulez-vous que je vous ramène à Scarborough ?

Il semblait réellement soucieux, je n'aimais pas le voir ainsi. Et puis, après tout, il ne m'était rien arrivé de fâcheux. Je lui pris la main :

- Oui, je préfère rentrer, mais ne vous sentez pas coupable. Je suis heureuse que vous ayez eu envie de partager un peu de votre univers avec moi.

- Un univers de possédés, oui, grommela-t-il. J'avais bien dit à Talanus que c'était une mauvaise idée ! J'en ai encore expulsé deux qui se prenaient pour des castors ! Avec leurs crocs, ils ont commencé à retailler toutes les chaises qu'on avait disposées dans le couloir !

Je ris.

- Allons, tout va bien. Je suis entière et vos congénères, malgré leur folie douce, se sont conduits de manière plutôt respectueuse à mon égard. Tout le monde s'amuse, même votre amie juriste. Je crois que nos chefs de secteur ont vraiment gagné leur pari. Même si, en ce qui me concerne, la soirée est finie parce que j'ai eu mon compte d'aliénation mentale, je considère que j'ai eu de la chance de pouvoir y assister. Merci.

Une lueur bleutée traversa les iris de mon employeur.

- Vous êtes extraordinaire, mon amie.

- Je sais, et vous devriez me le dire tous les jours.

Il s'approcha de moi pour me prendre dans ses bras. Le retour se ferait par la voie des airs à l'évidence.

- Je le ferai si vous me promettez quelque chose, Sam.

Je le fixai, surprise par le sérieux dans sa voix.

- Que dois-je vous promettre ?

- Que vous effacerez de votre mémoire cette soirée chez Talanus et Ysis.

Un gloussement m'échappa alors que nous foncions en direction des nuages.

Épilogue

*

- Tu as tenu ta promesse.

- Je me rappelle ta mauvaise humeur le lendemain. Je me suis dit que faire table rase de cet épisode était une bonne idée.

- Je suis content que tu t'en sois rappelé finalement, si ça t'a aidé à garder la tête hors de l'eau après ton passage entre les mains de Finn.

Mon mari déposa un baiser ému sur ma paume. Je passai mes doigts dans sa chevelure soyeuse.

- Chaque moment passé avec toi m'a aidé à garder la tête hors de l'eau. Tu es le meilleur remède qui existe pour moi.

Nous échangeâmes un regard chargé de l'amour le plus absolu. L'Unique.

Puis :

- Et si on rentrait ? J'ai l'impression que Daniel est dans le salon.

Ma super-ouïe me confirma cette annonce, et un immense sourire naquit sur mes lèvres.

- J'aime quand tu souris comme ça.

- C'est Daniel.

- Je sais. (Il me caressa doucement la joue) Alors allons-y.

Nous nous levâmes, puis nous dirigeâmes vers la maison, main dans la main.

FIN

PS : Vous vous demandez qui est Daniel, n'est-ce pas ? Eh bien, pour le savoir il faudra attendre les spin-off de Samantha Watkins (en cours d'élaboration), centrés sur ses amis les plus proches.

Remerciements

À tous ceux, et ils sont nombreux, qui m'ont exprimé leur joie d'avoir découvert mon héroïne. Vos messages me sont allés droit au cœur.

Aux followers de ma page Facebook, qui ont contribué à faire naître cette nouvelle. Sans leur capacité à suivre mes « dingueries », cette soirée de dingues n'aurait jamais vu le jour… ou la nuit plutôt.

Imprimé par Createspace.
ISBN: 98-2-9561236-2-0
Dépôt legal : Janvier 2018. 4,50 €